A todos los niños y niñas que adoran
las historias de aventuras.
I.S.

CUENTOS DE DINOSAURIOS, MAMUTS
y otros seres prehistóricos

Título original: Le più belle storie di dinosauri, mammut e uomini della preistoria
Texto: Isabella Salmoirago
Ilustraciones: Paola Formica
Traducción: Bernardo Valdés (La Letra, S.L.)
Realización: La Letra, S.L.

Redazione Gribaudo
Via Strà, 167
37030 Colognola ai Colli (VR)
redazione@gribaudo.it

Responsable de producción: Franco Busti
Responsable de redacción: Laura Rapelli
Responsable gráfico: Meri Salvadori
Fotolito y preimpresión: Federico Cavallon, Fabio Compri
Secretaria de redacción: Elisa Dompieri

Impresión y encuadernación: Liberdúplex (Barcelona)

Primera edición: enero de 2025
ISBN: 978-84-129011-5-3
D.L.: B. 159-2025

ISABELLA SALMOIRAGO

CUENTOS DE DINOSAURIOS, MAMUTS

Y OTROS SERES PREHISTÓRICOS

ILUSTRACIONES DE

PAOLA FORMICA

GRIBAUDO

Introducción

Hace millones de años los bosques y las llanuras de la Tierra estaban pobladas por animales diferentes a los actuales. La mayoría, desde las mariposas hasta los tigres, eran grandiosos y con el paso del tiempo se fueron «encogiendo». Pero otros acabaron desapareciendo. Eso es lo que les pasó a los mamuts, que eran como elefantes peludos con unos colmillos muy largos y curvados. También a los dinosaurios, que aunque eran muchos y muy diversos, también se extinguieron. Algunos podían volar, como los pterodáctilos, pero la mayoría corrían por la tierra a grandes velocidades. A dos patas iban los velociráptors. Con su cola larga, ojos amarillos, dientes afilados y garras eran rapidísimos, ¡y espantosísimos! Luego estaban los tiranosaurios, que eran enormes y capaces de destrozar a sus presas de un bocado. Otros, en cambio, aunque también eran muy grandes, como solo comían hierba no daban tanto miedo. Entre estos herbívoros, hubo una especie muy curiosa: los tricerátops. Tenían tres colmillos y una cresta sobre la cabeza como si fuera un abanico abierto. ¿Te los imaginas?

Pasa la página y enseguida los conocerás a todos...

El brontosaurio gruñón

Tric era un pequeño tricerátops que vivía con el resto de su manada. Entre sus vecinos el señor Brontosaurio era el más gruñón. Nunca se reía, y todo le ponía de mal humor.

—Hoy hace tanto calor que pierde uno las escamas —se quejaba cuando hacía sol.

—¡Qué rollo de agua! ¡Con tanta humedad me duelen todos los huesos de la cola! —se lamentaba los días de lluvia.

—¡Silencio! ¿Qué es este jaleo? —gruñía si los cachorros pasaban cerca de su casa.

—Bufff, ¡qué aburrimiento! —refunfuñaba si había demasiado silencio.

O sea que tanto con sol o con nubes, con lluvia o con viento, el señor Brontosaurio siempre andaba descontento.

Un día Tric y sus amigos se pusieron a jugar al escondite y, sin darse cuenta, se acercaron demasiado a su guarida. Al momento se oyó un aullido:

—¡LARGO DE AQUÍ, DEJADME TRANQUILO!

Después empezó a dar furiosos zarpazos y a golpear su larguísima cola contra el suelo: ¡BAM, BAM, BAM! Por supuesto, todos los cachorros salieron en desbandada. Excepto Tric, que se quedó paralizado, detrás de un arbusto.

Desde su escondite el pequeño se dio cuenta de una cosa muy rara. El señor Brontosaurio tenía una pata distinta. Era de color rojo oscuro y mucho más grande que las otras. Arrastrándose por las hierbas se atrevió a acercarse silenciosamente para verla de cerca. ¿Qué era eso? ¡Una astilla! Una punta afilada se le había clavado ahí quién sabe cuándo. ¡Qué daño!

Sin pensarlo dos veces, Tric gritó:

—Señor, ¿le duele a usted la pata, verdad?

Brontosaurio se quedó de piedra:

—¡Pero qué sabrás tú, mocoso! ¿Cómo te atreves? ¡Echa a correr como los demás, y punto!

—Yo no le tengo miedo... Bueno, en realidad... Mire, si se queda callado, yo podría dejar de temblar y curarle enseguida.

Mientras decía esto, Tric aferró entre los dientes lo que sobresalía de la pata y tiró con todas sus fuerzas. Una, dos, tres... ¡plof! El enfermero se cayó de espaldas y se quedó clavado en el suelo... Eso sí, con la espina en la boca. El Brontosaurio estalló en carcajadas:

—¡Pareces un pincho moruno! Ja, ja, ja... ¡Oh, y además me has curado!

Tric consiguió darse la vuelta y respondió:

—Pues ya que está mejor, hágame un poco de caso y no se enfade tanto, señor Brontosaurio. Acuérdese de reír.

El gruñón volvió a esbozar una sonrisa:

—Quizá, quizá tengas razón... Quizá debería dejar de quejarme.

No tan terrorífico

Era una noche cálida y estrellada. De las cuevas de todos los tricerátops salían unos tremendos ronquidos. Solo Tric no podía dormir y no hacía más que dar vueltas y más vueltas. Su tricemamá le había prohibido salir de noche, pero Tric decidió sacar el hocico.

—¡Cuántas estrellas! —exclamó emocionado—. ¡Je, je! Esas se parecen a mamá. Y aquellas... ¡Aaahhh!

No pudo acabar la frase. Había dado un paso fuera de la madriguera y se había tropezado con una gruesa raíz. Empezó a rodar cuesta abajo, sin dejar de gritar.

Cuando llegó al fondo de la pendiente, veía las estrellas incluso con los ojos cerrados.

—Ay, ay, ay... ¿Y cómo hago ahora para salir de este barranco? —se lamentó—. No tendría que haberme ido.

Un rugido sonó a sus espaldas:

—¡ROAAR, ROAAR! ¡¡Vete o te como!!

Tric se dio la vuelta y contempló la gigantesca sombra de un tiranosaurio. ¡Horror, era el más temido por todos! Él sí que comía carne... y carne de tricerátops también.

—¿Quieres probar mis colmillos? ¡ROAAR! —rugió de nuevo la voz.

Tric no tenía dónde esconderse. Así que intentó hacerse el valiente:

—¡N-n-no te tengo miedo, grandullón! Si te acercas contratacaré con mis cuernos y te haré papilla.

De repente se hizo el silencio, y luego solo se oyó una triste vocecilla:

—No, por favor, no hagas eso... —lloriqueaba.

¿Cómoo? ¿Un tiranosaurio miedica? ¿Y llorón? ¡No podía ser! Con mucho sigilo se acercó hacia el árbol de donde salía la sombra.. y allí estaba: un T-rex, sí. Pero ¡un bebé! Estaba medio hundido en una poza de barro. Con el reflejo de la luna, solo su sombra era enorme.

—¡No me muerdas! ¡Quiero volver a casa! —suplicó.

—¡Tranquilo, no te haré daño! Yo me llamó Tric, ¿y tú?

—Yo soy T-Tina... Esta tarde estaba jugando y me he caído... Y ahora no puedo salir... Buaaa...

—¡No te preocupes, no llores! ¡Yo te ayudo!

T-Tina se aferró a los cuernecillos del tricerátops. Tric hundió sus patas en el suelo y haciendo mucha fuerza hacia atrás consiguió estirar y estirar y llevarla a la orilla. ¡Bien!

—¿Ves? Ya estás fuera, T-Tina. Yo en cambio no sé cómo volver a casa. No puedo subir por ese barranco.

—No te preocupes, yo sé cómo salir.

Juntos comenzaron a caminar hasta llegar a un sendero.

—Síguelo y acabarás en la cima —dijo T-Tina—. Pero oye, Tric, ahora que te he devuelto el favor, tendremos que volver a ser enemigos, ¿eh? ¡Es la ley de los dinosaurios!

—¿Y eso por qué? ¡Yo quiero ser tu amigo!

—Pero tú te alimentas de hierba y yo en cambio de animales como tú...

Por si acaso, Tric escapó corriendo y enseguida llegó a su casa. Mientras se acurrucaba, tricemamá abrió un ojo:

—Tric, ¿no duermes?

—Estaba pensando en por qué tiranosauros y tricerátops no pueden ser amigos —le contestó Tric un poco triste.

—Siempre ha sido así, es la ley de los dinosaurios. Aunque quizá algún día cambien las cosas. Nunca se sabe...

VELOCIRÁPTORS FURIOSOS

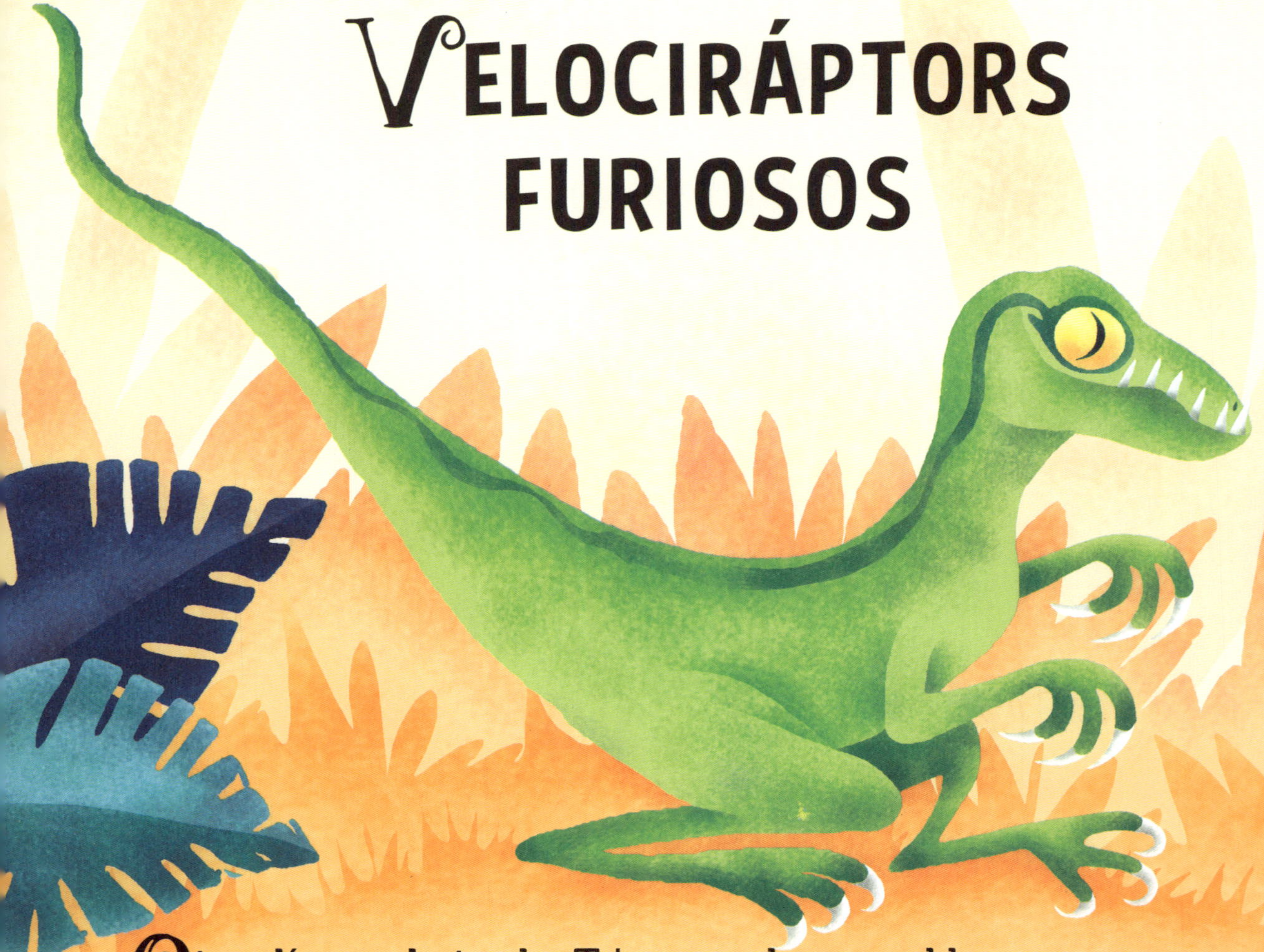

Otro día por la tarde, Tric paseaba por el bosque en busca de apetecibles hojitas para merendar. De repente oyó voces como de pelea.

—¡Yo soy el más rápido!

—¿Pero qué dices? ¡Soy yo!

—¡De eso nada! El número uno soy yo.

El pequeño tricerátops se colocó detrás de una mata de hierbas para espiar. Desde allí pudo ver... a tres velociráptors. ¡Oh, qué feos!

«¡Qué miedo! Tengo que escapar», pensó Tric.

Pero antes de poder dar media vuelta, se encontró rodeado.

—¡Vaya, vaya! ¡Mirad lo que tenemos aquí!, un cachorro de tricerátops bien tiernecito —dijo el que parecía al mando.

—Nnn... no me devoréis, por favor. Os aseguro que no soy tan tierno, tengo la piel muy dura... —farfulló Tric.

—Estás de suerte, rechonchito, porque acabamos de comer —contestó el segundo.

—Vamos, vamos —dijo el tercero—. No seamos maleducados y aprovechémonos de este gordito. Nosotros somos Rip, Rap y Rop, los velociráptors más veloces de la manada. Pero tenemos un problema. Y es que no conseguimos saber quién es el más rápido de los tres. Dinos tú quien es el mejor, rechonchito, y te dejaremos ir.

Tric accedió mientras disimulaba su tembleque:

—Claro, faltaría más. Yo... estaba pensando... Podríais hacer una carrera. ¡Y que gane quien cruce antes la explanada!

—Oh, qué gran velocidea —exclamaron los tres.

Y en un santiamén estaban listos en la otra punta del claro, empujándose unos a otros en la línea de salida.

—¿Preparados, listos?... ¡Ya!

En un instante... ¡UUUAAAA!, los tres llegaron a la meta, envueltos en una nube de polvo.

—Entonces, rechonchito, ¿quién ha sido el más rápido?

—Pues, es que... ¡no lo he visto! ¡Vais demasiado deprisa! ¿Podéis probar de nuevo? —respondió Tric.

Rip, Rap y Rop volvieron a la línea de salida, arrancaron... llegaron... y, vaya, otra vez Tric fue incapaz de saber quién había ganado. Repitieron la carrera una tercera, una cuarta y una quinta vez, siempre con el mismo resultado. ¡Los tres velociráptors estaban a punto de perder la paciencia!

—A ver, gordinflón, decídete ya, porque con tanto correr nos está entrando hambre.

—Es que... ¡Es increíble! Casi no se os podía distinguir. Ni un rayo de luz iría así de deprisa. Ha sido alucinante. ¡Sois los más rápidos del planeta! Iré por todas partes a contar lo que acabo de ver y además...

Tric siguió su discurso lleno de alabanzas, de modo que Rip, Rap y Rop se hincharon de orgullo:

—¡Es que somos los MEJORES! Claro, rechonchito, vete y cuenta nuestras hazañas a toodo el mundo. ¡No te olvides! —y desaparecieron en el bosque.

Tric también salió a todo correr. En un abrir y cerrar de ojos estaba de vuelta en su nido. Cuando tricemamá lo vio salir de entre los árboles, exclamó:

—¡Caramba!, Tric, ¡qué rápido vas!

—¡Es que he aprendido... de los MEJORES! —respondió él con una sonrisa.

Entre lava y cenizas

El sol calentaba fuerte, pero Tric quería salir a explorar.

—Mamá, ¿puedo ir con vosotros a por provisiones?

—¡Ni hablar! —respondió ella—. ¡La última vez acabaste en el pantano embadurnado de barro hasta la punta de la cola!

—Y la anterior te perdiste entre los helechos gigantes.

—Y al final siempre me toca a mí salir a buscarte —resopló Trac, su tricehermano.

—¡Pero ahora soy... mayorcísimo! —insistió Tric.

—Pues entonces, sé valiente y quédate a vigilar el nido —concluyó el padre.

—¡Pues claro, no os preocupéis! Nadie puede conmigo. Si viene un tiranosauro lo ahuyentaré como a un conejo. ¿Habéis visto lo afilados que tengo mis cuernos?

Tricepapá sonrió y le dio un animoso golpecito con la cola. La madre lo acarició a su manera, frotando los cuernos con los suyos. Después los adultos se alejaron.

Tric se puso serio e hizo guardia muy erguido y orgulloso, paseándose arriba y abajo. Pero pronto se empezó a aburrir.

—¡Qué rollo...! ¡No se ve ni la sombra de un enemigo!

Entonces apareció una mariposa. Pero no era como nuestras mariposas, no. Era una mariposa jurásica, ¡enormísima! Se puso delante de Tric y lo desafió.

—¡Soy Mara! ¿Quieres jugar? ¿A qué no me atrapas, grandullón?

Tric no lo pensó dos veces y comenzó a perseguirla. Cruzaron los helechos gigantes, siguieron más allá de la

cascada, bordearon el pantano hirviente... Y así, sin darse cuenta, habían llegado ¡a los pies del gran volcán!

Visto tan de cerca daba mucho miedo: escupía lava y cenizas que caían por todas partes, como una lluvia de fuego. El suelo ardía. Tric saltaba de una pata a la otra:

—Ay, ay, ay... ¡Cómo quema!

Mara también revoloteaba asustada.

—¡Cuidado! No te acerques a esa piedra o te quemarás las alas —le gritó.

—Es que estoy muy cansada. Tengo que aterrizar, he volado demasiado.

Pero no se veía ni una sola rama verde donde posarse.

—¡Yo te salvaré! —gritó Tric.

—¡Tú eres un dinosaurio! —replicó la mariposa— Y mi mamá dice que no puedo fiarme de vosotros.

—Tranquila, ¡yo solo como hojas! —contestó Tric.

Y sin darle tiempo a replicar, la cogió con la boca y la fue apartando del calor sin apretar demasiado para no aplastarla. Así caminaron un buen rato hasta que por fin alcanzaron el

bosque de helechos. Cuando Mara se sintió a salvo, voló hasta la nariz de Tric y comenzó a hacerle cosquillas.

—¡Gracias, amigo! No me olvidaré de lo que has hecho por mí.

Mara se fue volando y Tric volvió corriendo a su casa. Se echó a dormir y poco después llegó su familia.

—¡Anda, por una vez no se ha metido en ningún lío! —exclamaron sus padres.

Pero Tric seguía soñando con nuevas aventuras...

El vuelo del pterodáctilo

—¿Pero dónde vas, hijo mío? ¿No ves que está diluviando? —dijo tricemamá, sujetando a su cachorro por la cola y arrastrándolo a la madriguera.

—Mamá, un poco de lluvia no ha hace daño a nadie —protestó Tric, ansioso por salir otra vez.

¡RRROOMM! El fragor de un trueno interrumpió sus palabras y el valiente cachorro corrió a esconderse entre las gigantescas patas de su madre. Se quedó allí, temblando, hasta que unas horas después en el cielo despuntó un inmenso arcoíris, coloreado y luminoso.

Tric nunca había visto nada tan bonito… ¿Qué era aquello? El arco… arcoco… el arcoliris, eso es. Tenía que descubrir más cosas sobre el arcoliris. Tenía que verlo de cerca, ¡no había tiempo que perder!

Así que, en cuanto su madre se puso a charlar con la vecina, la parlanchina señora Estegosauria, él se escabulló de la madriguera, veloz como un velociráptor.

—¡Iré a buscar a los pterodáctilos! —gritó en cuanto estuvo un poco lejos—. Son los únicos que pueden llevarme hasta el ar... arcoco... ¡arco-lo-que-sea! Quiero comerme un pedacito. ¡A lo mejor es dulce como las hojas tiernas! ¡Ñammm!

En el nido de pterodáctilos, sin embargo, la familia estaba muy ocupada con su camada de hijitos hambrientos, caprichosos y chillones.

—¿Qué dices, Tric, que quieres volar hasta el arcoíris? —gritó el pteropapá—. Lo siento, pero ahora no puede ser, ando muy ocupado.

A Tric se le ocurrió una idea:

—¿Y si me ocupo yo un rato de los pequeños y así descansa usted?

Un instante después el pteropadre dormía a pata suelta con la cabeza bajo de las alas y los polluelos hincaban sus afilados dientecitos en la piel del pobre Tric. ¡Ñic, ñac, ñic, ñac!

—¡Basta! —protestó él—. ¿Os cuento una historia?

Tric comenzó a hablar y hablar, y al poco rato los rebeldes roncaban y pteropapá estaba despierto.

—Ahhh, muchas gracias, Tric. Ahora podemos irnos. Pero tienes que saber una cosa importante: el arcoíris es como tu reflejo en el agua. No te acerques a él demasiado, o desaparecerá.

Después lo cargó sobre su regazo y salieron volando. No tardaron mucho en llegar a su meta pero allí Tric se emocionó tanto que se olvidó de lo que el pájaro le había dicho. Se agachó para tocar aquella franja de vistosos colores y... ¡patapam! Se precipitó al vacío y se hundió en el pantano. El pteropadre lo rescató de allí y se lo llevó de vuelta a casa. Estaba empapado de apestosa arcilla.

—Pero, Tric, ¿dónde te habías metido?

Los triceropapis le riñeron por desobedecer, aunque también lo abrazaron muy fuerte, a pesar del fango asqueroso. Y Tric se dejó abrazar, aunque no le gustaban nada los arrumacos.

—Si no había peligro... Yo solo quería tocar el arco-como-se llame... Pero volveré a intentarlo. ¡Palabra de tricerátops! —exclamó.

Estegosaurios

Aquella mañana Tric y su tricefamilia descendieron como siempre el escarpado camino que llevaba hasta el río, pero a los pocos pasos tuvieron que detenerse. Allí se había formado una larga cola de dinosaurios. Ninguno conseguía avanzar y todos se quejaban, resoplaban y refunfuñaban:

—¡Venga, moveos! ¿Por qué no os dais prisa?

Tric sintió curiosidad y, escabulléndose entre las gigantescas patas, las colas ondulantes, las crestas espinosas y la multitud de dientes, se adelantó a los demás.

Por fin llegó a un lugar en donde el sendero se hacía muy estrecho entre dos paredes de roca. Y allí, tendida en el suelo y cerrando el paso completamente, estaba la señora Estegosauria. Se revolvía, forcejeaba, gruñía, mientras se frotaba enérgicamente la espalda contra una roca angulosa.

—Perdone, señora —le dijo Tric amablemente, pero bien lejos de su cola de puntas afiladas—, ¿podría apartarse? Vamos al río y usted está bloqueando el camino, ¿sabe?

—GRUM, GRUM... ¡y qué! ¡Tengo cosas más importantes que hacer! —respondió ella, sin dejar de moverse.

—Señora Estegosauria, ¿es que no ve la cola? —insistió Tric—. Todo el mundo tiene que ir a beber agua.

Pero la señora no lo escuchaba y el resto de dinosaurios comenzó a impacientarse.

—A ver, ¿qué hacemos?

—¿Alguien conoce otro camino hasta el río?

—Pero ¿qué le pasa a esta señora? ¡Qué maleducada y rabiosa está!

—¡Démosle una lección! ¡Vamos, al ataque!

Tric se acercó al oído de la señora Estegosauria:

—Oiga, tiene que escucharme. ¿No ve la que se está armando? ¡Buscan pelea!

—¿Y no ves tú lo que estoy haciendo? —farfulló ella—. ¡Quiero rascarme la espalda! Tengo un picor terrible en la cresta, justo aquí, entre los omoplatos. ¡¡Me pica, me pica!!

—¡Haberlo dicho antes! —respondió Tric—. Déjeme a mí, señora. Tengo el tamaño justo para esquivar sus crestas.

Y con agilidad, el cachorro de tricerátops ascendió por la enorme cola, se paró en el punto en que ella decía que le picaba y con la punta de su cuerno comenzó a rascarle las escamas. RAS, RAS, RAS...

Al cabo de unos pocos minutos de aquella piel comenzaron a salir pulgas y más pulgas, y también garrapatas. Unas cuantas familias de esos bichos jurásicos se habían instalado allí y ahora se iban protestando con sus vocecillas estridentes:

—¡Ufff! ¡Qué falta de educación! ¡Vámonos, chicas! ¡Aquí no hay quien viva tranquila!

La señora Estegosauria suspiró con un alivio enorme y Tric bajó por la cola:

—¡Solucionado!

—¡Gracias, pequeñín, me has salvado las escamas!

Con gran parsimonia la señora se alejó moviendo la cola.

Sacando pulgas y garrapatas, Tric había encontrado una minúscula solución a un problema inmenso (y evitado una batalla... jurásica).

UN ANQUILOSAURIO MUY TIERNO

Era la hora de la siesta, pero Tric no conseguía dormir. No solamente porque odiaba hacer la siesta (que, como se sabe, es cosa de bebés) sino porque algo a lo lejos, en algún lugar de la llanura jurásica, retumbaba sin cesar: ¡BUM, BUM, BUM!

Tric trató de taparse las orejas con las patas y con la cola, metió la cabeza en un montón de hojas secas, pero todo era inútil: seguía oyendo aquel ruido tormentoso.

—¡Por todas las eras! ¿De dónde viene eso? ¡Nunca he oído nada igual! ¡Tengo que descubrir qué es! —exclamó.

Dicho y hecho. Salió de puntillas de la madriguera para no despertar a nadie (sobre todo al tocaescamas de Trac).

Aguzó el oído y siguió el rastro del sonido a través de la planicie, más allá del pantano y del valle de pterosaurios, hasta que llegó al bosque donde vivían los anquilosaurios.

Y allí, a los pies de un enorme pino caído, se encontró con Aquilino, que golpeaba su robusta cola contra un tronco. ¡BUM, BUM, BUM! Tric comenzó a gritar para hacerse oír.

—¡HOLA, AQUI! ¿POR QUÉ DAS ESTOS GOLPETAZOS?

Aqui se dio la vuelta.
—¿No lo ves? ¡Me estoy entrenando!
—¿Entrenando para qué? —insistió Tric.
—¡Vaya pregunta!, pues para partir troncos.
—¡Qué raro! ¿Y por qué quieres partir troncos?
Cuando Tric no entendía algo era MUY insistente.

—¡Pues porque quiero deslumbrar a la bella Aquina! —respondió Aqui. Y, algo desconsolado, añadió—: Es que ella ahora solo tiene ojos para Acu. Él es el más fuerte y consigue derribar los troncos de un solo golpe de cola. ¡ZAS! Yo, en cambio, llevo horas dándole a este y apenas he logrado hacerle una pequeñísima grieta.

Y diciendo esto dejó caer su cola contra la madera. Por todo el bosque retumbó un largo TOOONC.

—A ver, ¿no hay nada más que te guste hacer, aparte de partir troncos? —le espetó Tric.

—Bueno... me encanta hacerlos sonar, así como ha pasado ahora. Mira, mira... —y Aqui se puso a dar golpecitos. Cada punto del tronco sonaba de manera distinta.

¡TINC, TONC, TUNC! ¡TIN, TIN, TIN, TOOOONC!

Tric se puso a dar saltitos siguiéndole el ritmo:

—¡Anda, qué chulo! ¿Y por qué no sorprendes con esto a la bella Aquina?

—¿Tú crees que sería una buena idea?

—Pues claro, no solo le gustará la fuerza, digo yo.

—Bueno, lo probaré. Prepararé un bonito concierto para ella.

Aqui se sintió animado. Volviendo a golpear con su cola aquí y allá, un tronco pequeñito, otro enorme, uno en la punta, otro en el centro... todo el bosque pudo oír su agradable melodía: ¡TINC, TINC, TUNC, TUUUNC!

Tric dejó a su nuevo amigo. Estaba seguro de que la canción le encantaría a Aquina. De vuelta en su madriguera, soñó que los dos anquilosaurios se casaban.

¿QUIÉN TEME AL MALVADO T-REX?

Una asfixiante tarde jurásica, el Valle de los Dinosaurios estaba inundado de la rojiza luz del atardecer. De pie sobre una roca, Tric montaba guardia e imaginaba miles de aventuras...

—¡Cuidado! ¡La tierra está temblando! ¡Se acercan los T-rex! ¡Huyamos! —gritó.

Todos los tricerátops se echaron a reír.

—Síií, claro —se burló Trac—. ¡Tienes demasiada imaginación, bola de escamas!

—¡Os digo que vienen los T-rex! —protestó Tric —. ¡Ahí abajo se ve una gran nube de polvo! ¿Por qué no me creéis?

—¡Porque estamos hartos de tus fantasías! —le respondió su tricehermano—. Vete a jugar, anda, que tengo que ordenar la madriguera.

Aunque no estaba convencido, Tric hizo caso. Bajó y se fue en busca de su amiga mariposa. Pero apenas habían empezado a jugar, cuando en todo el valle resonaron unos rugidos tremendos: ¡GROAAARRRR!

—¡Oh, no! ¡Vienen de verdad! —gritó Tric, aterrado.

—¡No te preocupes! —dijo Mara con su aguda vocecita—.

¡Sé cómo podemos vencerlos! ¡La unión hace la fuerza! ¡Es la ley de las mariposas! Tú quédate aquí escondido.

En un batir de alas, Mara desapareció y regresó. Llegó acompañada de una bandada de mariposas y de todos los dinosaurios a los que Tric había ayudado. Estaban el señor Pterodáctilo y sus amigos, el Brontosaurio gruñón y sus hermanos, el anquilosaurio Aqui con Aquina y todos los invitados a su boda (porque sí, había conseguido conquistarla...). Incluso se añadieron los velociráptors Rip, Rap y Rop, seguidos de la señora Estegosauria y su familia. Todos se unieron para defender a su amigo Tric y al resto de tricerátops.

La manada de T-rex no podía creer lo que tenía delante.

—¡GROAAARRR! ¿Qué es esto? ¿Por qué no escapáis? —rugió el mayor de los tiranosaurios.

—¡Porque somos muchos y no nos dais ningún miedo! —gritó Tric saliendo de detrás de un arbusto.

—¡Con que no!, ¿eh? ¡Mira mis colmillos, valiente!

Fue entonces cuando ocurrió la cosa más sorprendente de toda la era jurásica.

De detrás de las patas del T-rex salió un tiranosaurio diminuto. ¡Era T-Tina!

—¡T-papá, no! ¡Él me salvó la vida! —exclamó.

—¿¿Qué?? ¿¿Es eso cierto?? —gruñó—. GROARRR. No debo comerte... ¡Vale, pero solo por esta vez! ¡GROARRR!

Y con un golpe de cola, toda la manada se volvió por donde había llegado.

Tric había demostrado que la fuerza de la amistad puede superar cualquier barrera. Incluso la ley de los dinosaurios: Tric y T-Tina fueron amigos durante toda su vida.

AL COLE

Hoy es el primer día de escuela para Marfil, la mamut más alegre de todo el Valle Helado, y como cada año, los nuevos alumnos iban a conocer su entorno.

La señora Colmilla tomó la palabra:

—¡Bienvenidos, cachorrillos! ¿Estáis preparados? ¿Todos en fila? ¡Muy bien! Hoy iremos a visitar la gran cascada, ¡seguidme!

¡Marfil no cabía en su piel de contenta! La gran cascada caía desde la cumbre más alta del valle. Verla de cerca tenía que ser un espectáculo.

Enseguida se pusieron en marcha. Caminaron mucho, siempre procurando no perder el paso de la maestra y sus grandísimas y pesadísimas zancadas.

Por fin llegaron a su destino, y los pequeños corrieron a tocar el agua.

—¡Quietos! —gritó la maestra—. ¡No os acerquéis tanto! ¡Si os caéis, el peso del agua os aplastará! Venid aquí. ¿Os dais cuenta de que necesito gritar para que me oigáis? Es por el estruendo que hace la corriente, una auténtica bendición. ¿Sabéis por qué? Porque tapa el ruido que hacemos al caminar. Como somos tan pesados, nuestros pasos retumban por todas partes y los cazadores nos oyen enseguida. Así que si algún día necesitáis esconderos, acordaos de esta cascada. ¿Lo habéis entendido?

—¡Sí, señora Colmilla! —exclamaron los pequeños.

Después le tocó el turno a la gran pradera.

—Mirad este prado, es el mejor para saborear hierba bien fresca. Pero ¡cuidado!, también es un lugar muy peligroso porque como es tan grande resulta muy fácil perderse. Por eso no debéis separaros nunca de la manada. ¿Lo habéis entendido?

—Sí, señora maestra —respondieron los cachorros.

Todos excepto Marfil, que había visto unos puntitos rojos.

—Señora Colmilla, ¿qué es eso que se ve a lo lejos?

—¡Es un campamento de humanos! —gritó la profesora—. Y aprovecho la ocasión para explicaros la Regla Número Uno de los mamuts: ¡Nunca, nunca jamás y bajo ningún concepto debéis acercaros a los seres humanos!

—¿Y por qué? —preguntó Marfil, intrigada.

—¡Porque ellos son los que nos cazan! Usan nuestra piel para abrigarse y nuestros cuernos para sus herramientas.

—¿Y por qué? —volvió a decir Marfil, más intrigada.

—Porque nacen desnudos e indefensos como los gusanos.

—¿Y por qué? —insistió Marfil, todavía más intrigada.

La señora Colmilla lanzó un bramido espeluznante.

—¡Porque sí! Mantente alejada de ellos si quieres conservar tu piel.

—Pero... sus madrigueras parecen maravillosas... ¿cómo van a ser malos?

—¡Ni se te ocurra acercarte para descubrirlo, Marfil!, ¿me has oído bien? No olvidéis nunca la Regla Número Uno. ¡Vamos a repetirla juntos!

Y mientras todos recitaban, Marfil seguía sin estar convencida: «Yo no veo nada malo en acercarme un poquito a investigar», pensaba. Y decidió que tarde o temprano iría a echar un vistazo.

Una buena mamut no se porta así

Era el día del baño y todos los mamuts se reunieron en la orilla del río para acicalarse: primero, succionaban el agua con la trompa y, luego, se la tiraban por encima como en una ducha. La mamamut de Marfil daba voces al aire:

—¡Hija mía!, ¿dónde estás? ¡Ven ahora mismo!

Después de un buen rato, Marfil apareció entre las ramas.

—¡Ufff, mamá, no me quiero duchar! ¡Así estoy bien!

—¡Venga, sé una buena mamut y lávate, que hueles a brontosaurio!

Después de una buena rociada llegó la hora de comer. Marfil se abalanzó sobre la hierba fresca como una loca. Mamamut volvió a intevenir:

—¡A ver, despacio, no comas tan rápido! Mastica bien. Una mamut educada no engulle de esa manera.

—Fherdona mafhmá —farfulló Marfil mientras escupía.

—¡Y una mamut elegante tampoco habla con la boca llena! Eres desesperante —suspiró mamamut.

Más tarde llegó el momento de regresar a las madrigueras. Los mamuts se fueron poniendo en fila para emprender el camino de vuelta. Al frente de la manada iban los más lentos, es decir, los cachorros. Y aquel día le había tocado a Marfil el honor de ser la primera, de modo que andaba orgullosa y erguida, marcando el ritmo a los demás: un-dos, un-dos, un-dos, tres-cuatro.

Y entonces... ¡PRÓÓ! En mitad del silencioso trayecto estalló un pedo.

—Pero bueno, ¿quién ha sido? —protestó alguien al final de la fila.

—¡La culpa es de Marfil! ¡La he visto perfectamente! —respondió Trompazo, el pequeño mamut que iba en segundo lugar.

—¡Lo siento, se me ha escapado! —se excusó ella.

Pero tras unos pasos más... ¡PRÓÓÓ!

Los del fondo perdieron la paciencia.

—A ver, un poco de respeto por los que vamos detrás. ¡Esto es el colmo!

—¡Lo siento, esta vez ha salido él solito! —respondió Marfil sin dejar de sonreír.

Todos retomaron el camino. Pero apenas unos minutos después... ¡PRÓÓÓ!

El ruido esta vez superó a todos los demás. Nada de pedete, no, un pedo como un trueno, tan apestoso como para tumbar a un mamut.

—¡BASTAAA!

—¡Tened compasión!

—¿Pero qué le dais de comer a esta mamut?

Marfil se partía de risa, pero mamamut estaba muerta de vergüenza.

—¡Para! Lo haces adrede. ¡Una buena mamut nunca se portaría así!

Marfil se puso muy seria:

—Es que no sé si alguna vez seré una buena mamut, mamá.

Mamamut le dio un besito en la cabeza.

—¡Estás hecha una pilluela, pero te queremos igual!

GÉLIDAS RISOTADAS

Marfil y sus amigos Trompazo y Lila jugaban en la cima de la montaña.

Los adultos decían que no debían alejarse demasiado de la manada, pero por allí las cuevas heladas eran el mejor sitio para jugar al escondite.

Marfil estaba contando cubriéndose los ojos con la trompa:

—Ocho... nueve... ¡DIEZ! —gritó con fuerza para que la oyeran los demás.

Y comenzó a corretear, buscando en todas direcciones. Pasó por delante de una pared helada y vio que se veía su reflejo. Se paró a mirarse y empezó a hacer ridículas muecas y extrañas figuras.

—¡Así parezco mayor que una montaña! ¿Y así? ¡Redonda como la luna llena! ¡Ja, qué risa, ahora soy como un palillo!

De repente, se acordó de que tenía que buscar a sus amigos.

—¡Os atraparé! —gritó.

Dio vueltas hacia la derecha, después a la izquierda, luego otra vez a la derecha... Siguió buscando y buscando, pero no pudo encontrarlos.

—¡Trompazo, Lila!, ¿dónde estáis?

Cansada de correr inútilmente, decidió volver atrás pero no conseguía recordar el camino. Entonces un terrorífico ¡GROOOARRR! resonó por la caverna:

—¡Mira lo que tenemos aquí... un tierno bocadito de mamut! —rugió una voz escalofriante.

La pequeña se giró y vio... a tres terribles tigres con las bocas abiertas. Tenían largos colmillos y unos gélidos ojos amarillentos. Marfil comenzó a temblar como una hojita.

—¡N-no soy ningún tierno bocado! ¡S-s-soy más bien amarga porque huelo mal! Nunca me ducho y a menudo me tiro pedos.

—Nosotros decidiremos si eres tierna o no, ¡después de haberte comido! ¡GROOOARRR! —rugió de nuevo uno de los tigres.

Marfil reaccionó rápidamente. Antes de que los felinos la alcanzaran, se lanzó con todo su peso contra las paredes de hielo, que empezaron a temblar...

Un instante después, una lluvia de enormes carámbanos se desprendía del techo y se clavaba en el suelo. Por suerte para ella, el hielo había creado una enorme barrera. ¡Estaba salvada! Al menos por ahora... Marfil les hizo una pedorreta: ¡PRRR! Luego se dio la vuelta y corrió de un lado para otro, hasta que finalmente encontró la salida de la caverna.

Fuera estaban esperándola sus amigos Trompazo y Lila.

—¡Por fin! ¿Puede saberse dónde te habías metido? —exclamó Lila.

—Pues es que en vez de encontraros a vosotros, me he visto delante de tres tigres enormes. Pero no os preocupéis que por ahora los tengo controlados... ¡aunque mejor será que volvamos corriendo a casa!

¡Los tres cachorros salieron pitando de allí y, en cuanto estuvieron a salvo, se prometieron no jugar nunca más en aquella cueva, la guarida de los tres tigres de dientes como sables!

Tigre contra tigre

Aquella mañana, mientras todos los mamuts dormían a pata suelta en sus guaridas, Marfil se despertó. Flotaba en el aire un olor extraño, un aroma que le resultaba conocido... Alzó la trompa y respiró profundamente. Sniff... SNIFFF. ¿Qué huele así?

Sin hacer ruido salió fuera y... ¡se encontró cara a cara con los tres terribles tigres de la caverna helada!

—Grrr... ¡gracias por traernos hasta aquí! —rugió el mayor—. ¡Ahora os devoraremos a todos!

—¿Cómo habéis conseguido encontrarme? Pe-pensaba que os había dejado atrás —balbuceó Marfil.

—¡Pues no! —respondió el más delgado—. Nos hemos ido ocultando para seguir tus huellas sin que te dieras cuenta. ¡Gracias a mí!

—Pero, ¿qué dices? —protestó el de colmillos más largos—. ¡Ha sido cosa mía!

Al oír cómo se peleaban, Marfil tuvo una idea...

—Si eres tú quien quiso seguir mis huellas serás tú también el que me coma, pues soy la más pequeña y tiernecita de la manada.

El tigre mayor se frotó la barbilla con una garra:

—Tienes toda la razón, bomboncito... Ese honor me corresponderá a mí, puesto que soy quien ha propuesto seguir tu rastro sin darnos por vencidos.

—¡Eso no es verdad! —rugió el tigre más delgado—. ¡He sido yo quien ha encontrado primero sus huellas en la nieve!

—Pero yo he insistido en seguirlas; si hubiera sido por vosotros nos hubiéramos dado la vuelta —contestó el grandote.

El tercero, de los colmillos más largos, se abalanzó sobre los demás:

—¡No os hagáis los listos! ¡Quien ha dicho que siguiéndola encontraríamos al resto de la manada he sido yo! Vosotros os negabais a caminar tanto por una mísera mamut.

Los tres iniciaron su baile particular, dando vueltas y enseñándose los colmillos.

—¡Ha sido idea mía!

—¡No, mía!

—¡Mentirosos, la idea la he tenido yo!

Por fin el más grande zanjó la pelea:

—¡Basta! ¡No importa quién lo haya pensado primero! ¡Aquí mando yo y me pienso comer el bocado más tierno!

—¡Entonces quizá debamos cambiar de jefe! —exclamaron los otros dos, lanzándose encima de él.

Enzarzados en un torbellino de garras, colas y colmillos, perdieron el equilibrio y cayeron rodando barranco abajo.

—¡Solucionado! —exclamó Marfil con satisfacción—. ¡Nos dejarán tranquilos un buen rato y tendremos tiempo de escondernos!

Luego regresó a su guarida y se acurrucó junto a su mamamut.

Comilona con los bisontes

Tras una fría noche de tormenta, las montañas y las praderas amanecieron completamente cubiertas de blanco. Marfil y los demás cachorros salieron a jugar con la nieve pero los adultos estaban preocupados: ¿Encontrarían hierba fresca para comer? ¿O tendrían que irse en busca de otros pastos?

Rápidamente toda la manada bajó a los prados, pero allí les esperaba una mala sorpresa.

Como estaba resguardada por un enorme peñasco, su zona preferida era ahora la única sin nieve y estaba ocupada por una manada de caballos salvajes y otra de bisontes.

—Mamamut, ¿qué hacen esos caraduras? ¡Quieren comerse nuestro desayuno! —protestó Marfil.

—Tú quédate aquí y deja que lo solucione Roboán, ¡que por algo es el jefe!

Pero Marfil, como siempre, se adelantó para curiosear. Escondida tras una gran piedra escuchó atentamente la pelea.

—¡Nosotros tenemos más necesidad de comer porque somos más grandes! —decía el líder de los bisontes.

—¿Y qué? ¡Nosotros somos más veloces y gastamos más energía! —rebatía el jefe de los caballos.

—¡Ni una cosa ni otra! —intervino entonces Roboán—. ¡Este es nuestro territorio y su hierba nos corresponde!

—¡Ya, pero el nuestro está cubierto de nieve! —resopló el bisonte.

—¡Y el nuestro está helado! —añadió el caballo.

—¡Me da igual! ¡Aquí no podéis quedaros! —replicó Roboán.

Todos estaban muy nerviosos. La batalla parecía inevitable.

Entonces Marfil salió de su escondrijo y gritó:

—¿Y por qué no buscáis una solución?

Los tres jefes estallaron a reír.

—¡Qué sabrás tú de los conflictos adultos!

Pero Marfil no se dejó intimidar.

—¡Pues algunas cosas parece que las entiendo mejor que vosotros! ¿Os dais cuenta de que estáis a punto de pegaros por un poquito de hierba? Y luego vendréis a decirnos que no nos peleemos... ¡Menudo ejemplo nos dais!

Los tres jefes callaron, llenos de vergüenza, y la pequeña continuó:

—¿Por qué no le pedís consejo al abuelo Colagrís? Es el más sabio y seguro que sabe qué hacer.

Un majestuoso mamut apareció al lado de Marfil, refunfuñando:

—¡Buf, buf! Mi nietecita tiene razón: ¡pelear no soluciona nada! ¡Buf, buf!

Sacudió la cabeza y continuó:

—¡Escuchadme todos! He visto muchos inviernos y muchas primaveras y sé que nuestro territorio está ahora bien protegido por esas grandes rocas. Pero en pocos meses los vientos cambiarán y estos prados también serán blancos. Para entonces será primavera y en el territorio de los caballos la nieve desaparecerá. Y después, cuando esa zona quede anegada por las lluvias de verano, el terreno de los bisontes, que está en lo alto, seguirá seco y florido. La solución es clara. ¡COMPARTIR! Si ahora dejamos que los demás coman aquí, en pocos meses los caballos podrán devolvernos el favor y cuando llegue el verano deberían hacerlo también los bisontes.

El señor Roboán bramó satisfecho:

—¡Tienes razón! Solo así nadie pasará hambre, ni siquiera en los meses más duros.

—De acuerdo. ¡Es la mejor solución para todos! —exclamaron bisontes y caballos.

—¡Viva Marfil! ¡Viva Colagrís! —gritaron todos al unísono.

Y así, gracias a una mamut rebelde y curiosa, bisontes, caballos y mamuts se pegaron una buena comilona y volvieron a sus madrigueras felices y satisfechos.

No despertéis al oso

Una tarde Marfil jugaba en la linde del bosque cuando se encontró con algo muy raro. Lo olió, le dio un golpecito con la trompa y descubrió que estaba lleno de miel.

—¡Qué suerte! —exclamó emocionada—. ¿Será de los humanos? ¡Lo guardaré escondido tras esta roca y no se lo contaré a nadie, para que no me obliguen a tirarlo!

Dicho y hecho. Pero un día una gran tormenta cayó sobre el valle y los mamuts tuvieron que abandonar su territorio. Antes de salir, Marfil recuperó su tesoro y se lo puso detrás de una oreja.

—Marfil, ¿qué haces? —le preguntaban todos—. ¿Por qué te pones la trompa detrás de la oreja?

Y ella daba todo tipo de respuestas:

—Para tenerla más caliente. Para rascarme mejor. Para contarme mis secretos. Porque mi trompa es muy tímida...

Nadie le hizo más caso y siguieron caminando hasta llegar a la entrada de una cueva enorme. Roboán ordenó pernoctar allí. Pero apenas entraron, una sombra gigantesca con una voz muy ronca hizo temblar las paredes:

—¡GRRR! ¿Quién osa interrumpir el descanso del gran oso?

Los mamuts se agazaparon tras la silueta del gigantesco Roboán.

—Somos una pacífica familia de mamuts —explicó—. Nuestra vieja madriguera ha sido destruida y ahora buscamos un lugar donde pasar la noche.

—¡Pues aquí no podéis quedaros! —rezongó de nuevo aquella voz.

Los mamuts se miraron con preocupación. ¿Dónde ir? ¡Era demasiado tarde para buscar otro refugio! En mitad del estupor general, Marfil se plantó ante el oso y le enseñó lo que llevaba escondido:

—Señor, si permite que nos quedemos aquí esta noche, le regalaré este tesoro, ¡está lleno de miel!

—¡Miel, dulcísima miel, me pirra la miel! ¡Trae acá! —y aferrando el tesoro añadió—: Por esta noche podéis quedaros.

Todos los mamuts corrieron a agradecer a Marfil lo que había hecho. Todos, menos la señora Colmilla, que estaba muy enfadada.

—Marfil, ¿te has olvidado de la Regla Número Uno de los mamuts? ¡Con la de veces que la hemos repetido! ¡Has cogido un objeto de los humanos! ¿Y si ahora quieren venir a recuperarlo? ¡Nos has puesto en peligro! ¿Entiendes lo que te digo?

Marfil estaba a punto de llorar, cuando Roboán se adelantó y, pasando la trompa por encima de su lomo, dijo:

—Señora Colmilla, esta cachorrita no pretendía ponernos en peligro. Y ya que ha renunciado a su tesoro para salvarnos a todos, quizá por esta vez y si promete no volver a hacerlo podríamos perdonarla, ¿no cree?

—¡Por esta vez, ya que el objeto de los humanos nos ha salvado, haré la vista gorda! —refunfuñó la profesora, y abrazó con la trompa a su alumna—. Eres la mamutita más rebelde que he conocido, pero también la más generosa. ¡Gracias!

—¡Viva Marfil! —exclamó toda la manada.

El perezoso gigante

Tras muchos días de búsqueda, la manada de mamuts encontró por fin un nuevo hogar en la otra falda de la montaña, cerca del bosque y con una extensa llanura al alcance de todas las trompas. En cuanto se establecieron allí, Marfil y sus amigos salieron de exploración.

Primero se encontraron con una familia de ciervos que se rascaba el pellejo contra la rugosa corteza de unos árboles. ¡Ras! ¡Ras! ¡Ras!

—¡Bienvenidos! —dijo uno de los ciervos mayores, de largos cuernos.

—¡Es un placer conocerlos, señores! ¿Qué están haciendo?

—¡Menuda indiscreción! —intervino escandalizada la señora cierva—. ¡Vaya pregunta! Pues, ejem... tenemos un pequeño problema... de garrapatas, sí. ¿Qué le vamos a hacer si han decidido instalarse en nuestra piel?

Marfil lanzó una carcajada.

—No se preocupe, señora, la entiendo. ¡A los mamuts también nos pasa!

Después conocieron a un rinoceronte de muy mal carácter que cuidaba un campo de margaritas. Pero en lo más profundo del bosque, se toparon con el vecino más peculiar...

Estaba colgado cabeza abajo, agarrado a unas ramas con sus brazos largos y delgados. Y se movía muy despacio. Pero que muy, muy, muy... despacio.

—¡Buenos días! Somos Marfil, Trompazo y Lila —le dijeron los mamuts—. ¿Y usted es?...

—Eeehh —respondió el desconocido.

Luego, tras una larguísima pausa, añadió:

—Yo... soy... el señoooor... Braaaadipoooo.

A media frase los mamutitos ya casi se habían dormido.

—¿Y por qué habla tan despacio, señor Bradipo?

—¿Y vosotros... qué prisa... tenéiiis? —replicó él con una grande y parsimoniosa sonrisa.

—Bueno, pues verá, queremos jugar, comer, ir al colegio, volver a jugar...

—Buffff... ¡Cuántas cosassss! —contestó el señor Bradipo, rascándose lentamente la nariz—. Yo, en cambiooo... prefieroooo... tomármelo... con calmaaaaaa. Deberíais probarloooo. ¡La leeentiiituuud es un aaaarteee!

—¿Y cómo se aprende este arte? —quiso saber Marfil.

—Bueeenooo... hacieeendooo las coooosas habituuualeees... pero muyyy leeeentameeente... y así... se disfruuutaaan muucho más. Nosotros los Braaadipooos somos los más astutooos...

—Gracias, señor Bradipo. Intentaremos imitarlo —dijeron los tres, saludándolo leeentameeente con la trompa.

Después se encaminaron hacia casa. Quisieron ir leeentameeente. Daban un paso tras otro tan, tan despacio, que tardaron mucho tiempo en llegar.

—¡Ufff! ¡Yo me canso de ir tan lento!

—¡Pero, Trompazo!, tenemos que imitar al señor Bradipo y caminar despaciiiito —replicó Marfil—. Además, haciendo de perezoso, se aprecian cosas muy interesantes. Por ejemplo, ¿has visto cuántas bayas tenemos por aquí? ¡Ñammm!

Los tres amigos acabaron llegando muy tarde a la cena y se ganaron una buena regañina. Luego comieron muy despaaaciooo, se limpiaron los colmillos muy despaaciooo y se peinaron sin niiingunaaa prisa.

Sus mamamuts y papamuts estaban perplejos.

—No hay duda de que tenéis limpísimos los colmillos y de que estáis perfectamente peinaditos. Pero, vaya, ¡habéis tardado tanto que se ha hecho de noche y ya no podéis salir a jugar. ¡A la cama!

Los tres cachorros se echaron a reír.

—Quizá esté bien hacer las cosas con calma, pero... ¿tanto? —exclamó Marfil—. Al fin y al cabo no somos perezosos. ¡Somos mamuts! A cada uno, lo suyo.

El cachorro de hombre

Una mañana de primavera, alguien hizo algo que nunca, pero nunca, Nunca (tal como decía la Regla Número Uno de los mamuts), debería haber hecho: acercarse a los humanos.

Pero Marfil tenía curiosidad y seguía de lejos los movimientos de uno de sus poblados. Un día vio cómo recogían sus cosas y se marchaban a otro lugar, de

manera que quiso investigar sus restos. Si ya no estaban allí, ¡era imposible que le arrancaran la piel!

El suelo estaba pisoteado y lleno de agujeros. Comenzó a husmear en busca de tesoros cuando de repente un extraño ruido le hizo dar media vuelta.

Medio escondido tras el tronco de un árbol había... ¡un cachorro de hombre! Era suave, no tenía pelo en la piel y parecía un gusano, tal como les había dicho la maestra Colmilla. Además, para resguardarse del frío llevaba... ¡unas pieles! ¿Serían pieles de mamut? Aterrorizada, Marfil se escondió detrás de otro árbol. ¿Iban a cazarla? ¿Le arrojarían sus terribles lanzas?

No ocurrió nada salvo que, sacando muy despacio la cabeza de su escondrijo, se dio cuenta de que el cachorro de hombre la miraba bañado en lágrimas. ¡Estaba aun más asustado que ella! Marfil se animó a hablarle:

—Chico, ¿por qué te han dejado solo? ¿Dónde está el resto de tu manada?

Pero el pequeñito seguía temblando. La mamut tuvo una idea y se puso a bailotear, mientras hacía sonar su trompa.

Al instante el niñito comenzó a reírse y a agitar las patas.

—¡Ya no me tienes miedo! –gritó Marfil–. Pero no puedo dejarte aquí solito. Mmm... Mira, voy a llevarte con tu manada. Creo que sé dónde están.

¡Pero el cachorrito no parecía entender su idioma, el mamutol! Marfil fingió caminar hacia delante, haciéndole

señas con la trompa para que lo siguiera. El pequeño lo miraba atentamente pero sin moverse ni un centímetro.

—¡Venga, tontorrón, que tenemos que irnos! —le repitió, mientras lo envolvía con la trompa y lo empujaba.

Por fin el niño se agarró al colmillo y juntos se pusieron en camino.

Atravesaron la pradera y subieron a un alto desde donde se divisaban las cabañas de los hombres. Marfil se puso muy seria:

—Nuestro viaje se acabó. ¡De aquí no paso, amigo mío! Va en contra de la Regla Número Uno de los mamuts, ¿sabes?

Esta vez el cachorro sí entendió. La abrazó muy fuerte y corrió ladera abajo. Desde lejos, Marfil vio a algunos

hombres y mujeres saliendo a su encuentro, levantándolo en el aire y abrazándolo con ternura. ¡A pesar de todo, los humanos no parecían tan malos!

Con una gran sonrisa, Marfil regresó a su lugar. Estaba muy contenta porque tenía un nuevo amigo muy especial: ¡un auténtico cachorro de hombre!

El regreso de Bim

Una gran agitación recorría el poblado de los humanos. Todos iban de un lado a otro. Unos miraban entre los arbustos, otros entre las pieles apiladas, algunos removían los montones de leña, otros las ramas de los árboles... Y por todas partes no hacía más que oírse un nombre:

—¡Bim, Bim, Bim!

Una pequeña humana de ojos oscuros y pelo rizado gritaba más fuerte que los demás:

—¿Pero, dónde te has metido? ¡Venga, basta de bromas, hermanito! ¡Sal de una vez! No te hemos visto el pelo desde que estamos aquí. Y ya no tiene ninguna gracia, ¿sabes?

La búsqueda había comenzado al amanecer y siguió hasta mediodía. El curandero, que según él podía sanar cualquier daño, de un dolor de barriga a un grano en la nariz, exclamó:

—¡Quietos todos! Hojamargo tiene una poción mágica para estos casos. Sé cómo hacer que vuelvan a casa los

niños perdidos. Veamos, ¿cuál es la comida preferida de Bim?

—¡La miel! ¡La miel y las bayas del bosque! —gritó Bam—. Antes de irnos del viejo poblado, él salió a buscar miel a su escondite secreto.

Hojamargo se frotó las manos:

—Entonces, ¡vamos! ¡Traedme toda la miel y las bayas que tengáis!

Todo el mundo salió disparado.

—¡Un momento! —gritó el jefe de la tribu—. ¿Y tú quién eres para dar tantas órdenes? ¡Aquí mando yo!

Todo el mundo se quedo quieto.

—¡Venga, traed todas las bayas y la miel que tengáis! —repitió el jefe.

Todo el mundo se miró perplejo... y luego salió disparado.

En un abrir y cerrar de ojos, ante el curandero había un montón de vasijas de miel y cestas repletas de bayas silvestres, maduras y dulcísimas. La sacerdotisa Escachapán quiso ayudar. Encendió una pequeña hoguera y en una olla de arcilla mezcló una parte de aquellos frutos con gran cantidad de miel.

¡Por todo el poblado se propagó enseguida un olor irresistible! Y enseguida... ¡oh, qué casualidad! De entre los arbustos apareció la cabeza morenita de un niño prehistórico. Era Bim:

—¡Por fin os encuentro! ¡Qué hambreee!

Mamá Corazón, papá Brazoforte y la pequeña Bam corrieron a abrazarlo.

—¿Habéis visto? ¡Mis pociones son in-fa-li-bles! —exclamó Hojamargo.

—¡No es verdad! —contestó Bim indignado—. ¡No he vuelto gracias a ti sino a mi amiga mamut! ¡Ella me ha traído hasta aquí, no tu pócima! Aunque... huele de maravilla. ¿Puedo probarla?

Por supuesto, nadie del poblado creyó sus palabras. Mamuts y humanos habían sido siempre enemigos. Aunque quizá no tenía por qué seguir siendo así, ¿no creéis?

Historia en las paredes

Los días pasaban en el poblado de los humanos y todos seguían sin dar un céntimo por la historia de la pequeña mamut. La tribu entera se burlaba de Bim y le tomaba el pelo, así que él dejó de hablar del asunto. Solo Bam le apoyaba:

—¡Yo sé que dices la verdad! Tengo una idea. Ya veremos quién miente.

Tomó a su hermanito de la mano y lo llevó a la extraña cueva en donde vivía la sacerdotisa.

Los dos entraron allí muy asustados... sus pasos resonaban en la oscuridad, entre inquietantes crujidos y susurros.

—¿Hay al-al-alguien? —gritó Bim temblando de miedo.

—En... en... en... en... —respondió el eco.

—Escachapán, somos nosotros —dijo Bam—. ¿Podemos entrar?

—Ar... ar... ar... ar... —contestó de nuevo el eco.

Bam tomó del brazo a su hermanito y lo arrastró hacia el interior, más y más al fondo... hasta que se

hallaron en una inmensa caverna apenas iluminada por un rayito de luz. ¡La Cueva de la Historia!

Sus paredes eran como las páginas de un libro, en donde la sacerdotisa iba pintando todo lo que ocurría en la aldea. Así nadie se olvidaba de las cosas importantes.

Pero se hartaron de mirar y rebuscar, sin éxito: la historia de Bim no estaba.

—Pues la pintaremos nosotros —propuso Bam.

Dicho y hecho. Metió las manos en los cuencos de pintura y con los dedos comenzó a dibujar a su hermanito con su amiga mamut. Al cabo de un rato lo dejó, muy satisfecha:

—¡Aquí tienes! ¡Ahora nadie podrá decir que no sabe de lo que hablas!

—¡Gracias hermanita! Pero yo... Me da miedo que Escachapán se enfade. Todos dicen que tiene muy mal carácter y...

Una voz retumbó a sus espaldas:

—¡Estás muy equivocado! ¿Por qué iba a enfadarme yo?

Era la sacerdotisa. Bim temblaba de miedo, pero ella parecía muy tranquila.

—Me gusta cómo has dibujado a la mamut. Aunque colocada ahí arriba parece que esté volando en el aire, ¿no?

Se echó a reír.

—En serio, he visto cómo te manejabas con los colores y quiero proponerte algo, Bam. ¿Te gustaría ser mi ayudante?

Eso sí, siempre que no acabes así, ¡con más pintura que la propia pared!

Luego dejó de sonreír, le puso a Bim la mano en el hombro y se lo quedó mirando fijamente:

—¡Yo sabía que decías la verdad, chico! A mí no hay quien me engañe. Lo que pasa es que tengo un terrible dolor de espalda y en la pared de las historias solo quedaba libre este trocito de espacio junto al suelo. Pero, ¡no importa! Ahora ya está pintado y yo he ganado una ayudante, ¿no, Bam?

Bam asintió con la cabeza y Bim saltó de alegría.

—¡Bien está lo que bien acaba!

LA MAMUT VOLADORA

Una tranquila mañana de sol, todos los habitantes del poblado estaban ajetreados, excepto el jefe Panzut, que no hacía más que dar órdenes desde su tienda, plácidamente estirado:

—¡Nos faltan puntas de lanza! ¡Hay que afilar esas piedras! ¡Y vosotros, a ver si termináis de curtir! ¡Acabad de una vez los cuencos o no tendremos donde poner la miel! ¿Habéis recogido las bayas? ¡Vamos, que alguien vaya a cortar leña!

Bim y Bam decidieron escabullirse hacia el bosque. Mejor hacer como que iban a por setas que esperar a que Panzut les encomendara alguna tarea horrible.

En cuanto se alejaron un poco el chico tuvo una gran idea.

—En vez de jugar, ¿por qué no vamos en busca de mi amiga mamut? Aquí fue donde nos despedimos. ¡Mira, todavía se ven sus pisadas!

—¡Vale, me muero por conocerla! ¿Crees que se dejará acariciar?

—Si nos acercamos despacito seguro que sí.

Los dos hermanos caminaban hacia delante en pos de las huellas enormes de la mamut, cuando de repente se dieron cuenta de que no eran los únicos que seguían aquel rastro.

Un grupo de cazadores también iba tras ella.

—¡Por aquí! —oyeron decir a Cabeza de Oso—. Si llegamos por detrás conseguiremos espantar a toda la manada.

—¡Oh, no! —exclamó Bam—. Tenemos que salvar a tu amiga. ¿Qué hacemos?

—¡Tengo una idea! Nos adelantaremos y borraremos sus huellas, así no podrán rastrearla —susurró Bim.

Dicho y hecho. Con ramas barrieron el suelo y con hojas secas y pedruscos taparon las pisadas, una a una. Sin embargo, cuando estaban a punto de acabar se vieron sorprendidos.

—¿Y vosotros, qué hacéis aquí? ¿O es que también queréis cazar mamuts? —preguntó el primer cazador—. Y ahora que lo pienso, ¿no habrás visto a tu amiga mamut? ¿Hacia dónde se fue cuando os separasteis?

—Eso, sí, ¿hacia dónde fue? —repitió el segundo cazador—. Porque de repente sus huellas han desaparecido.

Bim se plantó frente al enorme señor y contestó con decisión:

—Pues no he vuelto a verla, pero aunque la hubiera visto, ¡jamás os lo diría! Porque como bien dices, ¡es mi amiga!

—O quizá no es posible encontrarla porque es una mamut voladora —se burló Bam—. ¡Y si no me creéis, id a ver la Cueva de la Historia!

Y sin darles tiempo a responder los dos niños desaparecieron de su vista.

¿Dolor de barriga?

Había llegado el verano, el sol resplandecía, los arbustos estaban repletos de bayas y los árboles de frutas. Para Bim, el más goloso de todos los niños del poblado, este era el mejor momento del año.

También era una buena época para Hojamargo. Los atracones de frutos y los chapuzones en las frías aguas del torrente acababan provocando largas colas de pacientes delante de su tienda.

Por eso el curandero solía salir muy pronto hacia el bosque, en busca de hierbas y raíces. Esa mañana volvía con su cesto repleto y canturreando alegremente.

—¡Papapí... papapá! Raíces por aquí, cortezas por allá... Manojos de perejil, semillas de té, algo de estragón... ¡Papapí... papapé... papapó!

—¡Fuenos díaz, Gojamaggo! ¿Cómo está? —Bim y Bam saludaron a coro, con la boca llena de fruta.

—¡Muy contento porque hoy preparo mi poción milagrosa! Y, por cierto, no comáis tanto que después os dolerá la barriga.

—No se pdeocupe, solo probábamoz... —respondieron otra vez al unísono.

Aquella era una mentira como una catedral. Los hermanos iban de un arbusto a otro vaciándolos sin piedad. De repente, a Bim se le hizo la boca agua. Ante sus ojos apareció un fruto enorme. Lo agarró rápidamente y comenzó a tirar... pero no había manera... ¡No se soltaba del tronco!

¿Pero cómo iba a soltarse? Aquella puntita redonda no era más que la hermosa naricita de un cachorro de oso.

—¡Qué bonito es! —le dijo Bam—. ¡Ven aquí, pequeñín!

Pero entonces un sonido terrorífico paralizó a los hermanos: ¡GROOAARRR!

¡Mamá osa había llegado!

—¡Perdone, señora! ¡No queríamos hacerle daño a su hijo! —gritó Bim.

—¡Calla! ¡No te esfuerces y corre! ¡Corre! —chilló Bam.

Los dos salieron de allí disparados y en un momento llegaron al poblado. Estaban sanos y salvos pero... con un terrible dolor de tripa.

—¡Ay, ay! —se quejaba Bim.

—¡Oy, oy! —repetía Bam.

Sus quejas llegaron a oídos de Hojamargo, que rápidamente acudió a su lado con dos cuencos repletos de una pócima densa y verdosa, hecha de hierbajos podridos y fango del pantano.

—¡Estáis de suerte! ¡Aquí tenéis mi remedio, recién hecho! Tomadlo ahora que está todavía caliente y os curaréis en el acto.

Les acercó el mejunje a las narices, pero era tan apestoso que escaparon corriendo.

—¡No gracias! ¡Ya estamos mucho mejor!

Hojamargo estalló en carcajadas:

—¿Lo veis? Ya os había dicho yo que mi poción era milagrosa. ¡Todos se curan al instante!

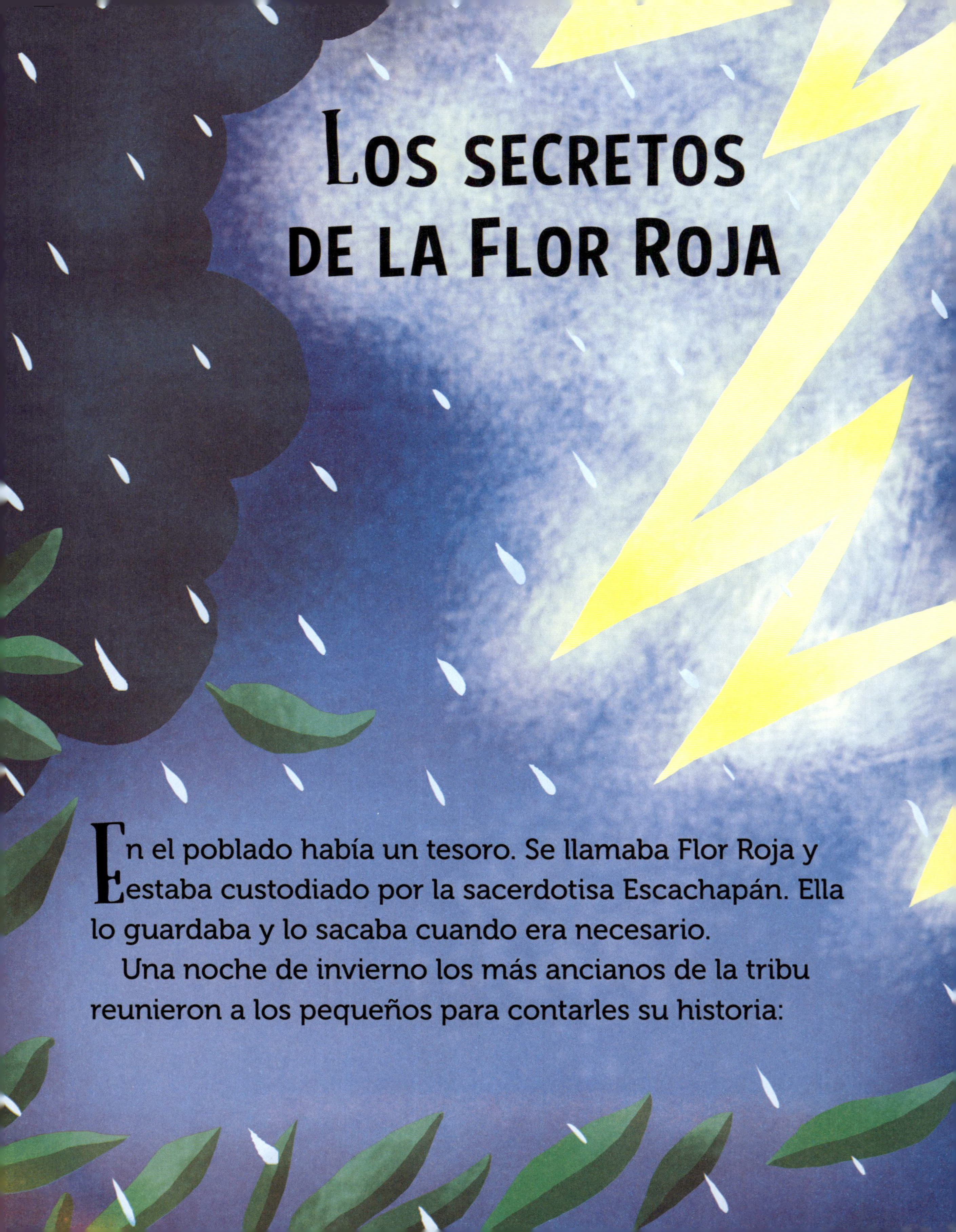

Los secretos de la Flor Roja

En el poblado había un tesoro. Se llamaba Flor Roja y estaba custodiado por la sacerdotisa Escachapán. Ella lo guardaba y lo sacaba cuando era necesario.

Una noche de invierno los más ancianos de la tribu reunieron a los pequeños para contarles su historia:

«Hace muchos muchos años, en plena noche estalló una terrible tormenta. El viento zarandeaba los árboles y la lluvia era tan densa que no se veía nada. En mitad del diluvio se oyó un estruendo ensordecedor y una luz cegadora bajó entonces de los cielos. Cayó sobre un árbol y este se encendió como si fuera un pequeño sol. Cuando la luz disminuyó un poquito Escachapán recogió un trozo de lo que quedaba todavía caliente y lo guardó. Lo llamó Flor Roja y lo fue alimentando con ramitas. Así se ha conservado hasta hoy...»

Bim y Bam se quedaron fascinados con esa leyenda. Tanto, que una noche decidieron escaparse de la tienda para ver de cerca la Flor Roja.

—¡Shhh! ¡No hagas ruido! —susurró Bam.

—¿Y si nos descubren? —balbuceó Bim, que estaba temblando.

—¡Si nos descubren tendremos un problema!, pero no nos van a descubrir, ¿no? ¡Aprovechemos ahora que están todos durmiendo!

De puntillas llegaron hasta la tienda de la sacerdotisa, que estaba frente a la Cueva de la Historia. Desde fuera podían oírse sus fuertes ronquidos: ¡Róóó! ¡Róóó! ¡Róóó!

—¡Parece que haya un oso dentro! ¡Un oso de las cavernas que se la hubiera zampado de un bocado!

—Calla, y aprovechemos que duerme a pierna suelta...

Los hermanos se cogieron de la mano, rodearon en silencio la tienda y se plantaron ante la Flor Roja.

Entre las paredes de roca, en un agujero bien resguardado ardía su tesoro. No parecía muy distinto del que cada noche encendía la sacerdotisa en las casas del poblado para que todo el mundo pudiera cocinar...

Bim y Bam se acercaron intrigados a la luz que iluminaba la noche y calentaba más que una piel de oso, y se sentaron a contemplar sus llamas danzarinas, mientras miles de chispas, como luciérnagas en primavera, revoloteaban por el cielo...

—Según tú, ¿qué tiene de especial la Flor Roja? —dijo Bam.

—No lo sé, hermanita, pero muy pronto lo descubriremos. Tenemos que seguir con los ojos bien abiertos y no dejar de mirarlo —contestó Bim.

Pero muy pronto, arropados por los rumores de la noche y el chisporroteo de las brasas, los dos pequeños cayeron dormidos, abrazados frente al fuego. Hasta que un extraño resoplido los despertó.

Bim y Bam se incorporaron de golpe, con los ojos abiertos de par en par. Sobre las paredes de roca, una enorme sombra oscura de patas alargadas, parecía dispuesta a abalanzarse sobre ellos.

—¡Socorrooo! ¡El oso de las cavernas! —gritaron a la vez.

Un instante después, Escachapán salía de su hogar partiéndose de risa.

—¡Ja, ja, ja, je, je, je, ji, ji, ji! ¡Debería daros una buena lección por acercaros sin permiso a la Flor Roja! Pero no lo haré, porque ya se ha encargado ella de castigaros: su luz ha convertido a ese simple hurón en vuestro monstruo de las cavernas. ¡Ja, ja, ja, je, je, je, ju, ju, ju!

¡DIANA!

De todas las cosas que hacían, su preferida era, sin duda, tirar al arco. Con ramas más o menos largas y flexibles Bim y Bam construían sus propios arcos y flechas para jugar a cazadores.

Hoy a Bam se le había ocurrido una idea. Apiló un montón de hojas secas. Aquello sería un oso recostado.

—¡Yo soy la famosa Flecha Rápida! —exclamó.

—¡Y yo el valiente Atrapaosos! —contestó Bim—. ¡No tengo miedo de nada! ¡Ni siquiera de los tigres de colmillos afilados!

Lo cierto es que Bam era buenísima con el tiro y Bim, en cambio, un auténtico desastre. Pero eso no importaba nada...

Desgraciadamente, por allí pasó entonces el joven Rizoseco y comenzó a tomarle el pelo:

—¡Ohh! ¡Mirad el gran cazador! ¡Menuda puntería, ja, ja, ja!

Bim se sintió muy mal. Tiró el arco y corrió a ocultarse tras un arbusto, porque estaba a punto de llorar.

Escachapán, que tenía la virtud de encontrarse siempre en el lugar y el momento justos, apareció entonces para decir:

—Eh, Atrapaosos, no te escondas... ¡Todos los grandes cazadores han llorado alguna vez, aunque luego digan que no! Recoge tu arco y vuelve a divertirte, que hoy te esperan grandes aventuras, ¡palabra de sacerdotisa!

Bim arrugó la nariz, se secó las lágrimas y los mocos (¡los pañuelos no existían en la era glacial!), recogió el arco y las flechas, y volvió junto a su hermanita.

—¡Vamos, Flecha Rápida! ¡Los osos nos esperan! —exclamó, haciéndose el duro.

Feliz de retomar el juego, Bam lo siguió más allá del bosque, casi hasta la Garganta del Miedo, donde se decía que vivían muchas fieras salvajes. Pero en cuanto llegaron oyeron algo distinto…

Alguien sollozaba en el fondo del desfiladero.

Con los arcos a punto, entraron en la hondonada. Además de los lamentos, de allí salían unos gruñidos espantosos. Avanzaron con mucha cautela y... ¿sabéis qué vieron? Pues justamente al burlón de Rizoseco, ¡aterrorizado frente a un tigre de colmillos afilados!

Sin pensarlo dos veces, Bim comenzó a lanzar flechas y más flechas. Una tras otra, ¡flas, flas, flas!, sin parar. Como siempre, ninguna daba en el blanco. Pero al felino le asustó aquella lluvia de dardos y escapó con la cola entre las patas. Solo cuando estuvo muy lejos, Rizoseco se atrevió a salir de su escondite.

—¡Perdona, Bim, no debí burlarme de ti! —dijo todavía pálido de miedo—. ¡Eres muy valiente! ¡A partir de hoy te llamaré Bim Matatigres! Pero, por favor, ¡no le digas a nadie que... bueno... que estaba llorando!

—¡Descuida, no lo haré! ¡Pero debes saber que todos los grandes cazadores han llorado alguna vez! ¡Me lo ha dicho Escachapán! —concluyó Bim, restregándose un ojo al que se asomaba una lagrimita.

Dejad en paz a mi amiga

A medida que pasaban las semanas, Bim pensaba cada vez más en su amiga, la mamut que lo había salvado.

—¿Dónde se habrá metido? —suspiraba—. ¡Me gustaría tanto volver a verla!

—Tú acuérdate de que la hemos salvado de los cazadores... y estate tranquilo, ¡seguro que algún día la verás! —le decía Bam, tratando de consolarlo.

Esa mañana hasta los oídos de los niños llegaron los gritos de Panzut, el jefe del poblado:

—¡Hoy salimos de caza! Hay que tomar provisiones para pasar el invierno. ¡Que todos los cazadores se preparen!

Bim y Bam salieron disparados hacia su tienda.

—¡Papá, mamá!, ¿podemos ir con ellos, podemos? ¡Por faaavor! —imploraron los hermanos.

—¡Nos portaremos bien! ¡No haremos ruido! —prometió Bam.

—¡Claro que podéis! Ya sois mayorcitos y cuantos más seamos, más comida traeremos. Además, para que os vayáis entrenando, os he hecho unos arcos de verdad que espero que os gusten.

—¡Pues yo espero que no vayamos a cazar mamuts! —agregó Bim—. No quisiera hacerle ningún daño a mi amiga.

Su mamá se arrodilló frente a él y lo acarició:

—Es muy bonito que quieras a las demás criaturas y que las respetes, pequeño mío. Pero tenemos que comer, es ley de vida... ¡De todos modos, estate tranquilo porque los cazadores dicen que han perdido el rastro de los mamuts! Así que, como mucho, iremos a por ciervos y pequeños roedores.

Bim se resignó, porque también le daban pena los ciervos y los pequeños roedores le parecían simpáticos. Pero sabía que mamá tenía razón. La tribu tenía que alimentarse y ellos debían aprender a cazar. Así que, con sus nuevos arcos y el carcaj lleno de flechas, Bim y Bam emprendieron su primera cacería.

Caminaron durante muchos días y se lo pasaron muy bien tirando flechas, aunque las de Bim nunca diesen en el blanco y terminaran todas desperdigadas por ahí. Hasta que un día, de repente, oyeron los gritos de Panzut:

—¡Mamut a la vista! ¡Preparaos para la caza!

Los batidores empezaron a hacer ruido para asustar a los animales y empujarlos hacia una trampa. Bim observaba con el corazón en un puño…

Los cazadores consiguieron acorralar a los mamuts en un valle estrecho y sin salida y Bim distinguió a su amiga. Estaba muerta de miedo agazapada junto a su madre. Justo cuando Panzut iba a ordenar que dispararan, corrió a su encuentro. Al verlo, también Marfil salió en su busca y los dos se abrazaron muy fuerte, ante las asombradas miradas de todos.

En ese momento Escachapán ordenó:

—¡Quietos todos! ¡Tú, Panzut, detén la cacería si no quieres que te borre de la Pared de la Historia! Porque hoy por primera vez un humano y un mamut nos demuestran que podemos ser amigos. ¡Y la amistad es sagrada! Así que más vale que os contentéis con un simple estofado de hierbas hervidas.

Y así fue como, por respeto a Bim y Marfil, desde entonces la tribu fue amiga de todos los mamuts, y su caza fue prohibida para siempre.

Índice